AF600930

1901 (Avril 29)

VENTE
Du Lundi 29 Avril 1901
HOTEL DROUOT, SALLE N° 6
à trois heures

TABLEAUX
MODERNES
AQUARELLES, PASTELS

Mᵉ PAUL CHEVALLIER, commissaire-priseur
M. DURAND-RUEL, expert

CATALOGUE

DE

TABLEAUX

MODERNES

PAR

BARYE, BOUDIN, HUGUET, JONGKIND, LÉPINE, PISSARRO, RENOIR, SISLEY, ZIEM, ETC., ETC.

AQUARELLES, PASTELS

PAR

BARYE, BESNARD, JONGKIND, J.-F. MILLET, PISSARRO

DONT LA VENTE AURA LIEU

HOTEL DROUOT, SALLE N° 6

Le Lundi 29 Avril 1901

à trois heures

COMMISSAIRE-PRISEUR

Me PAUL CHEVALLIER

10, rue Grange-Batelière

EXPERT

M. DURAND-RUEL

16, rue Laffitte

EXPOSITIONS

PARTICULIÈRE : *Le Samedi 27 Avril 1901, de 1 h. 1/2 à 5 h. 1/2.*

PUBLIQUE : *Le Dimanche 28 Avril 1901, de 1 h. 1/2 à 5 h. 1/2.*

CONDITIONS DE LA VENTE

La vente sera faite au comptant.

Les acquéreurs paieront *dix pour cent* en sus des prix d'adjudication.

Paris. Imprimerie de l'Art, E. MOREAU et Cie, 41, rue de la Victoire.

ORDRE DE LA VACATION

40 — Vollon. . . Nature Morte . . . .
28 — Lépine. . . La Route . . . .
16 — Boudin. . . Le Port de Dunkerque . . .
17 — Boudin. . . Canal à Rotterdam. . . . .
48 — Besnard . . Avant le Bal. . . . .
56 — Pissarro . . Femme raccommodant des bas
55 — Pissarro . . Jeune Paysanne . . . . . .
15 — Boudin. . . Le Bassin de Trouville. . .
14 — Boudin. . . Vaches au pâturage. . . . .
19 — Huguet . . La Baignade des chevaux. .
49 — Jongkind. . Vue de Hollande. . . . . .
51 — Jongkind. . Environs de Rotterdam. . .
52 — Jongkind. . Ferme en Hollande. . . . .
50 — Jongkind. . Le Quai de Boulogne . . .
12 — Boudin. . . Bateaux échoués, Etaples. .
13 — Boudin. . . Bateaux échoués à Trouville
47 — Barye . . . Gazelle d'Ethiopie . . . . .
46 — Barye . . . Cavalier arabe . . . .
45 — Barye . . . Tigre couché . . . .
8 — Boudin. . . Coucher de soleil à Etaples.
9 — Boudin. . . Etretat, les Cabestans. . . .
24 — Jongkind. . La Meuse, près Dordrecht .
41 — Ziem. . . . Barques de pêche à Venise .
38 — Sisley . . . Environs de Marly. . . . .
39 — Sisley . . . Bords de la Seine . . . . .
44 — Barye . . . Cerf et Biches au repos. . .
42 — Barye . . . Lion dans le désert. . . . .
43 — Barye . . . Lion au repos . . . . . .
32 — Pissarro . . Port-Marly . . . .
31 — Pissarro . . Vue de Pontoise . . . . . .
26 — Lépine. . . Les Bords de la Marne. . .

10 — Boudin. . . Le Port du Havre : la Sortie.

11 — Boudin. . . Canal aux environs de Dordrecht. . . . .

22 — Jongkind. . Environs de Rotterdam, effet de nuit. . . . .

23 — Jongkind. . L'Embouchure de la Meuse.

36 — Sisley . . . Un Verger au printemps, après-midi. . . . .

37 — Sisley . . . Noyer à Veneux-Nadon, coucher de soleil. . . . . . .

33 — Renoir. . . La Grenouillère . . . . . .

30 — Pissarro . . Une Rue à Eragny. . . . .

29 — Pissarro . . L'Eglise de Knocke (Belgique). . . . .

27 — Lépine . . . Un Quai à Rouen . . . . .

25 — Lépine . . . Les Bords de la Marne. . .

4 — Boudin. . . Le Port du Havre . . . . .

6 — Boudin. . . Le Port de Bordeaux. . . .

1 — Barye . . . Lion au repos . . . .

2 — Barye . . . Tigre couché . . . .

3 — Barye . . . Tigre à l'affût . . . .

53 — Millet. . . Coucher de Soleil . . . . .

54 — Millet. . . L'Allée de Châtaigniers. . .

20 — Jongkind. . La Sortie du Port de Honfleur. . . . .

21 — Jongkind. . Le Château de Nyon, Lac de Genève . . . .

35 — Sisley . . . Le Chemin des Petits-Prés ; Temps d'orage. . . . . .

34 — Sisley . . . Un Verger. . . . .

5 — Boudin. . . La Rade de Villefranche . .

7 — Boudin. . . Le Vieux Port de Toucques.

18 — Guillaumin. Chantier au bord de la Seine.

No 1 — BARYE. — *Lion au repos.*

DÉSIGNATION

TABLEAUX

BARYE

(A.-L.)

1 — *Lion au repos.*

Dans un paysage aux abruptes collines, le roi des animaux se repose en une fière attitude. Sa large face aux traits vigoureux respire, sur l'abondante crinière, la force et la puissance.

Ciel couvert de nuages.

Signé à droite.

Toile. Haut., 245 millim.; larg., 33 cent.

N° 354 du Catalogue de l'Exposition Barye.

(*Vente Barbedienne. — 2 juin 1892.*)

BARYE

(A.-L.)

2 — *Tigre couché.*

En un site montagneux, le fauve se repose, à demi-assoupi. De ses yeux entr'ouverts, il veille cependant et sa pose indique qu'il est prêt à bondir à la moindre alerte.

Au fond, à gauche, dans le ciel nuageux, les lueurs du soleil couchant.

Signé à gauche.

Toile. Haut., 25 cent.; larg., 33 cent.

N° 356 du Catalogue de l'Exposition Barye.
Au verso : Cachet de la vente Barye.

(Vente Barbedienne. — 2 juin 1892.)

N° 2. — BARYE. — *Tigre couché.*

N° 3 — BARYE. — *Tigre à l'affût.*

BARYE

(A.-L.)

3 — *Tigre à l'affût.*

Étendu dans une pose nonchalante, la tête appuyée sur les pattes, les yeux scrutant l'horizon, le félin guette l'approche d'une proie.

Au fond, quelques arbres rabougris se détachent sur le sommet des montagnes.

Ciel nuageux.

Signé à droite.

Bois. Haut., 245 millim.; larg., 325 millim.

Au verso : Cachet de la vente Barye.

BOUDIN

(E.)

4 — *Le Port du Havre.*

Près du quai, dont les maisons s'alignent vers la droite, un brick et quelques navires sont à l'ancre. Plus loin, un transatlantique profile sa coque massive près d'un groupe de canots montés par des pêcheurs.

Au fond, l'entrée du port et la jetée s'estompent dans les brumes de l'horizon.

Ciel gris et fin, parsemé de légers nuages.

Signé à droite et daté : *Havre, 1882.*

Toile. Haut., 55 cent.; larg., 75 cent.

N° 4 — BOUDIN. — *Le port du Havre.*

BOUDIN

(E.)

5 — *La Rade de Villefranche, effet du soir.*

A droite, adossées aux collines, les maisons de la ville, dont plusieurs sont abritées par de grands bouquets d'arbres.

A gauche, trois cuirassés sont à l'ancre dans la rade que traverse une barque. Celle-ci est montée par deux hommes, dont l'un rame, tandis que l'autre tient le gouvernail.

Ciel gris d'une exquise finesse.

Signé à droite et daté 1893.

Toile. Haut., 51 cent.; larg., 73 cent.

BOUDIN

(E.)

6 — *Le Port de Bordeaux.*

Toutes voiles dehors, une goélette vient de jeter l'ancre vers la gauche de la rivière qui occupe toute la largeur de la composition.

A droite, deux embarcations occupées par des pêcheurs. Sur la berge, où vont accoster plusieurs voiliers, s'échelonnent les maisons abritées par des bouquets d'arbres, les usines et les hangars qui se profilent sur le ciel bleu chargé de nuages.

Signé à droite et daté : *Bordeaux, 76.*

Toile. Haut., 48 cent.; larg., 73 cent.

N° 6 BOUDIN. — *Le port de Bordeaux.*

BOUDIN

(E.)

7 — *Le Vieux Port de Toucques, à marée basse.*

Les maisons du village occupent la plaine qui s'étend vers la gauche d'un vieux pont.

Au premier plan, sur la berge sablonneuse, des femmes lavent du linge ; à droite, au delà de la rivière, les prairies où paissent quelques bestiaux.

Signé à gauche et daté : *Toucques, '90.*

Toile. Haut., 46 cent. ; larg., 65 cent.

BOUDIN

(E.)

8 — *Coucher de soleil, à Étaples.*

Quelques bateaux de pêche sont rentrés au port et viennent s'échouer à l'embouchure de la Canche.

Sur la rivière, un grand canot et plusieurs petites embarcations semblent craindre le retrait du flot et se hâtent de regagner les bords.

A gauche, les sables d'où la mer s'est déjà retirée ; au loin, l'Océan où se couche le soleil dont les derniers rayons éclairent ce site plein de grandeur.

Dans le ciel, quelques bandes de nuages.

Signé à gauche et daté : *1886*.

Toile. Haut., 40 cent.; larg., 55 cent.

BOUDIN

(E.)

9 — *Étretat, les Cabestans.*

Près des bateaux de pêche échoués sur la plage de galets, un grand cabestan, sur lequel est posé un rouleau de cordages, occupe le premier plan.

A droite, un pêcheur répare ses filets.

Au fond, les hautes falaises bordent la mer.

Signé à droite et daté, '*90*.

Toile. Haut., 36 cent.; larg., 58 cent.

BOUDIN

(E.)

10 — *Le Port du Havre : La Sortie.*

A droite, les maisons de la ville s'alignent. Près du tournant d'un quai, un brick est accosté par plusieurs canots montés pàr des rameurs.

Un grand voilier est amarré au quai opposé, tandis qu'un autre navire, toutes voiles dehors, se dirige vers la sortie du port que l'on aperçoit au fond, près du phare et de la jetée.

Ciel clair, parsemé de nuages.

Signé à droite et daté : *Le Havre, '86*

Haut. 40 cent.; larg., 54 cent.

Nº 10 — BOUDIN. — *Le port du Havre : la sortie.*

N° 11 — BOUDIN. — *Canal aux environs de Dordrecht.*

BOUDIN
(E.)

11 — *Canal aux environs de Dordrecht.*

A gauche, une ferme et un bouquet de petits saules occupent la berge dont les bords marécageux et couverts d'herbes se prolongent dans le canal.

Sur la droite, quelques bateaux sont amarrés près d'un grand hangar dépendant d'un moulin. Un batelier s'apprête à regagner son bord.

Signé à gauche et daté '84.

Toile. Haut., 40 cent.; larg., 54 cent.

BOUDIN

(E.)

12 — *Bateaux échoués, Étaples.*

Le flot vient de se retirer, laissant à sec les canots échoués sur le sable. Sur les bateaux de pêche, qui ont jeté l'ancre dans la Canche, quelques matelots rangent des filets.

A droite, sur la rivière, une embarcation montée par deux hommes.

Signé à gauche et daté, '*90*

Bois. Haut., 32 cent.; larg., 41 cent.

BOUDIN

(E.)

13 — *Bateaux échoués à Trouville.*

Au premier plan, un canot près duquel un groupe de femmes lavent du linge.

De l'autre côté du port, des bateaux sont échoués sur le sable de la grève.

Au fond, à droite, les maisons de la ville bordent le quai où sont amarrés plusieurs navires.

Dans le ciel bleu courent de légers nuages.

Signé à droite et daté : *Trouville, '92.*

Bois. Haut., 41 cent.; larg., 32 cent.

BOUDIN

(E.)

14 — *Vaches au pâturage.*

Le troupeau s'est dispersé dans la prairie, traversée par une large mare. Quelques vaches se reposent, couchées sur le sol, tandis que d'autres vont se désaltérer.

Signé du monogramme à gauche.

Toile. Haut., 28 1/2 cent.; larg., 36 cent.

BOUDIN

(E.)

15 — *Le Bassin de Trouville.*

Arrivé au port, un brick vient d'y jeter l'ancre et sa haute mâture se profile sur le ciel chargé de nuages gris.

Signé à gauche.

Bois. Haut., 35 cent.; larg., 27 cent.

BOUDIN

(E.)

16 — *Le Port de Dunkerque.*

A gauche, un grand steamer vient d'être amarré au quai et la foule se presse aux abords de la passerelle qui relie le navire à la terre.

A droite, un bassin où quelques navires sont à l'ancre.

Signé à gauche.

Bois. Haut., 27 cent.; larg., 22 cent.

BOUDIN

(E.)

17 — *Canal à Rotterdam.*

Un chaland lourdement chargé est amarré près des pilotis qui émergent du milieu de la rivière.

Sur la rive opposée, une rangée de moulins.

Signé à droite.

Bois. Haut., 17 cent. 1/2; larg., 27 cent.

GUILLAUMIN

(A.)

18 — *Chantier au bord de la Seine.*

Sur le fleuve, un chaland est à l'ancre et les débardeurs, que l'on aperçoit sur une passerelle étroite, vont empiler les sacs de charbon dans la voiture qui stationne sur la berge.

Plus loin, un grand tas de sable et une grue à vapeur qui occupe un ponton à coque rouge.

A droite, près des murs du quai bordé d'arbres, plusieurs attelages et, au loin, les arches d'un pont.

Signé à droite.

Toile. Haut., 60 cent.; larg., 1 mètre.

HUGUET

(V. P.)

19 — *La Baignade des chevaux.*

Des cavaliers arabes viennent de conduire à la rivière leurs montures, dont quelques-unes se baignent, tandis que d'autres se désaltèrent.

A droite, deux Arabes sur un îlot de rochers surveillent les chevaux.

Signé à gauche.

Toile. Haut., 45 cent.; larg., 65 cent.

N° 20 — JONGKIND. — *La sortie du port de Honfleur.*

JONGKIND

(J.-B.)

20 — *La Sortie du port de Honfleur.*

A gauche, au pied des collines, les maisons de la ville et le quai près duquel plusieurs navires sont au mouillage. Plus loin, une goélette, portant l'inscription : *Amélie, de Nantes*, est accostée par un canot.

A droite, près de la passe, un phare et le poste-vigie où flottent deux drapeaux.

Le ciel bleu est parsemé de nuages se reflétant dans l'eau.

Signé à droite et daté 1865.

Toile. Haut., 42 cent.; larg., 56 cent.

JONGKIND

(J.-B.)

21 — *Le Château de Nyon, lac de Genève.*

Au bord du lac, dont les eaux limpides reflètent les légers nuages qui traversent le ciel, les constructions massives du château flanqué de tourelles occupent le sommet d'une colline.

A droite, près d'une maison à un étage, un charretier conduit sa voiture attelée d'un cheval sur la berge où est échoué un canot.

Signé à droite et daté 1875.

Toile. Haut., 33 cent.; larg., 47 cent.

N° 21 — JONGKIND. — *Le Château de Nyon. (lac de Genève).*

N° 22 — JONGKIND. — *Environs de Rotterdam : effet de nuit*

Hélio. Fortier-Marotte, Paris.

JONGKIND

(J.-B.)

22 — *Environs de Rotterdam; effet de nuit.*

La lune, nimbée de légers nuages, se reflète dans l'eau calme de la rivière où plusieurs bateaux sont à l'ancre près d'un radeau. A gauche, un canot est monté par deux pêcheurs, dont l'un retire de l'eau les filets chargés de poisson.

Sur la berge, un grand moulin, et, au fond, la silhouette d'un pont-levis.

Signé à droite et daté : *Rotterdam, 1868.*

Toile. Haut., 33 cent ; larg., 43 cent.

Hélio. Fortier-Marotte, Paris.

JONGKIND

(J.-B.)

23 — *L'Embouchure de la Meuse.*

Sur le fleuve, près de la berge couverte de roseaux, un chaland est à l'ancre.

Vers la gauche, un bateau de pêche, toutes voiles dehors, et un canot monté par un homme.

Au loin, le panache de fumée d'un bateau à vapeur se détache sur le ciel blond.

Signé à droite et daté 1866.

Toile. Haut., 24 cent. 1/2 ; larg., 32 cent.

JONGKIND

(J.-B.)

24 — *La Meuse près Dordrecht.*

Sur la rivière limitée à gauche par une pointe de terre où l'on aperçoit une chaumière, deux bateaux sont à l'ancre, tandis que d'autres font voile vers la rive opposée.

Dans le fond, à droite, quelques bouquets d'arbres et un moulin.

Tout au loin, la ligne des prairies.

Signé à gauche et daté 1870.

Toile. Haut., 24 cent.; larg., 32 cent.

LÉPINE

(S.)

25 — *Les Bords de la Marne.*

Occupant presque toute la largeur du premier plan, la rivière bordée d'arbres reflète la haute futaie que l'on aperçoit à gauche, le long d'un sentier.

Dans le ciel passent de légers nuages gris.

Signé à gauche.

Toile. Haut., 61 cent.; larg., 38 cent.

Hélio. Fortier-Marotte, Paris.

LÉPINE

(S.)

26 — *Les Bords de la Marne.*

Une route, bordée de grands peupliers, longe la rivière dont le cours s'élargit vers la droite en contournant une île boisée.

Sur l'eau, un passeur est debout dans son canot qu'il dirige vers le bord.

Au fond et au delà du tournant de la rivière, une colline où quelques maisons égaient les verdures de leur note claire.

Signé à gauche.

Toile. Haut., 46 cent.; larg., 56 cent.

N° 27 — LÉPINE. — *Un quai à Rouen.*

LÉPINE

(S.)

27 — *Un Quai à Rouen.*

La lune qui vient de percer les nuages se reflète dans les flaques d'eau. Sur le sol détrempé par l'averse, quelques poutres et un rouleau de cordages.

A droite, les réverbères allumés et, près d'un hangar abritant des barriques, circulent de rares passants.

Plus loin, une charrette attelée de deux chevaux est arrêtée près d'un bateau que l'on décharge.

Au fond, la silhouette des maisons de la ville.

Signé à droite.

Toile. Haut., 55 cent.; larg., 46 cent.

LÉPINE
(S.)

28 — *La Route.*

Près des grands arbres qui bordent un côté de la route, passe une charrette traînée par deux chevaux blancs. Plus loin, vers la droite, un arbre isolé.

Au fond, la plaine.

Signé à gauche.

Bois. Haut., 14 cent.; larg., 23 cent.

PISSARRO
(C.)

29 — *L'Église de Knocke (Belgique).*

Dispersées dans la campagne, les maisons à toits de tuiles rouges sont entourées de petits jardins potagers.

Un bouquet de grands arbres abrite l'église du village, dont l'humble clocher détache sa silhouette sur le ciel que traversent de légers nuages gris.

Signé à droite et daté *1894*.

Toile. Haut., 54 cent.; larg., 65 cent.

N° 30. — PISSARRO. — *Une rue à Éragny.*

Hélio. Fortier-Marotte, Paris.

PISSARRO

(C.)

30 — *Une Rue à Éragny.*

Vers la droite, près d'un grand mur, deux paysannes, dont l'une tient un enfant à la main, se sont arrêtées et semblent causer.

Plus loin, dans la rue qui monte vers le fond de la composition, un chariot stationne.

A gauche, sur le trottoir, un ouvrier en blouse bleue longe la grille de la maison qu'une villageoise vient de quitter.

Signé à droite.

Toile. Haut., 46 cent.; larg., 56 cent.

PISSARRO

(C.)

31 — *Vue de Pontoise.*

Au premier plan, à gauche, un talus gazonné contourne la rivière. Sur l'autre bord, les hautes cheminées et les constructions d'une usine dépassent les massifs, qui égaient de leurs claires verdures l'Oise, coulant au premier plan.

Dans le ciel, les panaches de fumée, poussés par le vent, se confondent avec les nuages.

Signé à droite et daté *1873*.

Toile. Haut., 38 cent.; larg., 56 cent.

N° 31. — PISSARRO. — *Vue de Pontoise.*

PISSARRO

(C.)

32 — *Port-Marly.*

La Seine, où se reflètent les clairs nuages qui traversent le ciel, est limitée à droite par de grands arbres, dont le rideau de verdure abrite un établissement de bains.

Sur la rivière, plusieurs chalands sont alignés près du quai. Un canot, monté par un homme, se dirige vers la berge où sont disséminées quelques fermes et des maisons de campagne.

Signé à droite.

Toile. Haut., 35 cent.; larg., 46 cent.

RENOIR

(A.)

33 — *La Grenouillère.*

Sur la Seine, dont le cours va en s'élargissant vers la droite, plusieurs embarcations, à coques multicolores, sont amarées près d'un grand canot.

Vers la gauche, sur la berge sablonneuse, un chien est assis. Plus loin, près d'un bouquet d'arbres, une femme en costume clair et un homme coiffé d'un chapeau de feutre, projettent une partie de bateau. Ils paraissent attendre l'arrivée du loueur de canots, dont on aperçoit le châlet à escalier de bois.

Sur l'autre rive, les toits de quelques maisons au pied des collines.

Signé à droite.

Toile. Haut., 46 cent.; larg., 55 cent.

N° 54. — SISLEY. — *Un Verger*

SISLEY

(A.)

34 — *Un Verger.*

Au premier plan, la note claire des herbes où sont disséminés quelques petits arbres.

Plus loin, de grands pommiers en pleine floraison. Ils détachent sur le rideau de verdure, qui occupe le fond, leurs branches tordues par le vent.

Dans le ciel, chargé encore des légères vapeurs du matin, les nuages que le soleil va bientôt disperser.

Signé à droite et daté *73*.

Haut., 62 cent.; larg., 92 cent.

SISLEY

(A.)

35 — *Le Chemin des Petits Prés ; Temps d'orage, Printemps.*

A droite, un bois s'étend le long de la rivière qui s'élargit sur le premier plan. Sur le bord de l'eau, les taillis aux verdures naissantes se reflètent dans le courant. Au fond, les peupliers et les bouleaux dressent leurs troncs sveltes aux ramures ténues et encore dégarnies de feuillage. A gauche, la rive opposée se profile sous un ciel chargé de nuages.

Signé à droite.

Toile. Haut., 55 cent.; larg., 73 cent.

N° 35 — SISLEY. — *Le chemin des petits prés : temps d'orage.*

SISLEY

(A.)

36 — *Un Verger au printemps; Après-Midi.*

Près des pommiers en fleurs, qui sont disséminés sur un coteau, quelques enfants prennent leurs ébats. L'un d'eux, une fillette, essaie d'atteindre, pour s'y balancer, les branches noueuses d'un vieux poirier. Plus loin, vers la gauche, une femme, qui tient un garçonnet à la main, se dirige vers les enfants.

Au loin, la rivière dont les eaux transparentes reflètent les tons chauds du ciel.

Signé à droite et daté '*81*.

Toile. Haut., 55 cent.; larg., 73 cent.

SISLEY

(A.)

37 — *Noyer à Veneux-Nadon, Coucher de soleil.*

Un vieux noyer, au tronc moussu, domine de ses branches noueuses les autres arbres d'un verger.

Vers la droite, quelques touffes de bruyères sont en fleurs.

Chargée de fagots, une paysanne, coiffée d'un bonnet blanc, se dirige vers un groupe de maisons bordées d'arbres.

A gauche, au delà d'une ferme, les lueurs du couchant dorent de leurs chauds reflets les nuages disséminés dans le ciel.

Signé à droite.

Toile. Haut., 49 cent.; larg., 65 cent.

N° 37. — SISLEY. — *Noyer à Veneux-Nadon.*

SISLEY

(A.)

38 — *Environs de Marly.*

Longeant le sentier qui conduit au premier plan, une paysanne en tablier bleu, coiffée d'un bonnet blanc, se dirige vers les vignes que l'on aperçoit à droite.

Au fond du sentier, à gauche, un tas de sarments près d'un buisson.

Au fond, sur le versant opposé de la colline, les maisons de Saint-Germain-en-Laye éclairées par un rayon de soleil.

Ciel bleu, parsemé de nuages.

Signé à gauche et daté '*73*.

Toile. Haut., 37 cent.; larg., 55 cent.

SISLEY

(A.)

39 — *Bords de la Seine.*

A gauche, sur la berge, un grand tas de sable près duquel des ouvriers travaillent.

Un remorqueur traverse la rivière, qui va en s'élargissant vers la droite. Au loin, quelques maisons à toits rouges.

Ciel mouvementé où s'amoncellent les nuages indiquant l'approche d'un orage.

Signé à droite.

Toile. Haut , 38 cent.; larg , 46 cent.

VOLLON

(A.)

40 — *Nature morte.*

Près d'une corbeille de pêches d'aspect succulent, un verre à demi-rempli de vin, un couteau et quelques noix.

Signé à gauche.

Haut., 24 cent.; larg., 31 cent.

Nº 41. — ZIEM. — *Barques de pêche à Venise.*

ZIEM

(F.)

41 — *Barques de pêche à Venise.*

Au centre, une grande barque, dont les filets sont accrochés dans la mâture, vient de rentrer au port, et son équipage décharge dans un canot le produit de la pêche.

Sur le quai, un groupe de personnages assiste au départ d'un grand canot.

Au fond, à droite, les voiles multicolores des nombreuses barques se détachent harmonieusement sur le ciel bleu.

Signé à gauche.

Bois. Haut., 42 1/2 cent.; larg., 77 cent.

AQUARELLES, PASTELS

BARYE

(A.-L.)

42 — *Lion dans le désert.*

Étendu sur le sol, la tête appuyée sur les pattes, il se repose dans la solitude du désert.

Au fond, à droite, une rangée de montagnes se silhouette sur le ciel clair, chargé de bandes de nuages.

Signé à droite.

Aquarelle.

Haut., 36 cent.; larg., 53 cent.

Au verso : Cachet de la Vente Barye.

No 45. — BARYE. — *Lion au repos.*

BARYE

(A.-L.)

43 — *Lion au repos.*

Sorti de son sommeil, il se redresse en une attitude fière et regarde au loin.

Le fond du paysage est occupé par de grands rochers, dont l'amoncellement laisse à peine entrevoir, vers la gauche, un coin de ciel bleu.

Signé à droite.

Aquarelle.

Haut., 26 cent.; larg., 37 cent.

BARYE

(A.-L.)

44 — *Cerf et Biches au repos.*

Au premier plan d'une plaine, qui s'étend jusqu'à l'horizon, un cerf est couché.

Plus loin, à gauche, vues de profil et dressant la tête, deux biches se reposent.

Signé à droite.

Aquarelle.

Haut. 15 cent.; larg., 28 cent.

BARYE

(A.-L.)

45 — *Tigre couché.*

Dans une clairière, limitée au fond par des rochers où l'on aperçoit un palmier et quelques touffes de verdure, un tigre s'est couché sur le dos. Il tient une de ses pattes allongée sur le ventre et, les yeux fermés, il se livre au repos.

Signé à gauche.

Aquarelle.

Haut., 14 cent.; larg., 23 cent.

BARYE

(A.-L.)

46 — *Cavalier arabe.*

Vu de profil, enveloppé de son burnous blanc, un arabe, monté sur un pur-sang, dirige de la main droite sa monture impatiente et fougueuse.

Signé à droite.

Aquarelle.

Haut., 18 1/2 cent.; larg., 15 cent.

BARYE

(A.-L.)

47 — *Gazelle d'Éthiopie.*

Vue de profil, courbant légèrement son échine au pelage fauve strié de blanc, elle semble hésiter à poursuivre sa marche vers la droite, où l'on aperçoit la plaine limitée par une chaîne de montagnes.

Aquarelle.

Haut., 12 cent.; larg., 15 cent.

BESNARD

48 — *Avant le bal.*

Près de l'entrée du salon où l'on danse, deux jeunes femmes, en toilette de bal, se tiennent debout. L'une d'elles, vêtue d'une robe blanche, rattache l'épaulette de son corsage jaune. Sa compagne, en robe rouge, regarde vers la droite.

Signé à droite.

Pastel.

Haut., 79 cent.; larg., 32 cent.

JONGKIND

(J.-B.)

49 — *Vue de Hollande.*

S'élargissant vers la droite, le canal sur le bord duquel se profile un moulin à vent, est traversé par un chaland. Un autre est amarré près de la berge marécageuse du premier plan ; un homme avec une brouette est occupé à le décharger, tandis que sur la rive un paysan se dirige vers le canal.

Au fond, à gauche, une autre figure.

Signé à gauche et daté à droite, *9 sept.* '67.

Aquarelle.

Haut., 21 cent.; larg., 38 cent.

JONGKIND

(J.-B.)

50 — *Le Quai de Boulogne.*

A droite, au premier plan, la berge gazonnée où un promeneur est assis.

Plus loin, de grands peupliers abritent une maison de campagne dont les murs et les jardins longent la route. Au delà de la Seine, on aperçoit à gauche le clocher de Saint-Cloud ; au fond, la silhouette du Mont-Valérien.

Signé dans le bas, vers le milieu et daté à droite : *Saint-Cloud, 30 juillet '68.*

Aquarelle.

Haut., 17 cent.; larg., 30 cent.

JONGKIND

(J.-B.)

51 — *Environs de Rotterdam.*

Près d'un bouquet d'arbres bordant une route, où cheminent un homme et une femme, un grand moulin occupe la berge du canal que l'on aperçoit sur la gauche. Un chaland, à la voile déployée, se dirige vers le fond.

A droite, quelques vaches dans une prairie et, au loin, les clochers de la ville.

Signé à droite et daté *Rotterdam 1872*.

Aquarelle.

Haut., 18 cent.; larg., 29 cent.

JONGKIND

(J.-B.)

52 — *Ferme en Hollande.*

A droite, au bord de l'eau, les bâtiments et les dépendances d'une ferme abrités par des arbres. A gauche, un homme, dans un canot, nettoie au moyen d'une drague le fond du canal.

Signé à droite.

Aquarelle.

Haut., 20 cent; larg., 28 cent.

N° 53 — J.-F. MILLET. — *Coucher de soleil.*

MILLET

(J.-F.)

53 — *Coucher de soleil.*

Une bûcheronne, courbée sous le fardeau d'un grand sac de fagots, s'achemine sur le sentier qui longe, en contrebas, les terres labourées du premier plan.

Dans l'immensité de la plaine, qui s'étend jusqu'à l'horizon, deux meules de foin, et, plus loin, à gauche, un petit bois.

Le soleil, voilé par les brumes du soir, va disparaître au couchant et ses derniers rayons bordent d'un reflet argenté les nuages disséminés dans le ciel.

Signé à droite.

Pastel.

Haut., 38 1/2 cent.; larg., 49 1/2 cent.

N° 44 Vente Defoër. — 22 Mai 1886.

(Collection Van den Eynde.)

MILLET

(J.-F.)

54 — *L'Allée de châtaigniers.*

Au premier plan, le pré où quelques moutons et un âne broutent l'herbe drue. Vers la gauche, près d'une sablonnière, une femme, vêtue d'un corsage bleu et d'un tablier rouge, est assise près d'un buisson et surveille son petit troupeau.

Bordée de grands châtaigniers, l'allée contourne, en montant vers le fond du paysage, le flanc de la colline dont le sommet abrupt se détache sur le ciel bleu.

Signé à droite.
Pastel.

Haut., 37 cent.; larg., 49 cent.

N° 89 Vente Gavet. — 11 Juin 1875.

(*Collection Van den Eynde.*)

N° 54. — J.-F. MILLET. — *L'allée des châtaigniers.*

PISSARRO

(C.)

55 — *Jeune paysanne.*

Debout sur la route ensoleillée, une jeune paysanne, vue de face, vêtue d'un corsage bleu et d'une jupe de même couleur, rajuste le fichu qui lui protège la tête.

A droite, un étroit sentier longe la route.

Fond de feuillage.

Signé à droite et daté *1882*.

Gouache.

Haut., 52 cent.; larg., 36 cent.

PISSARRO

(C.)

56 — *Femme raccommodant des bas.*

Une jeune paysanne vêtue de bleu, la tête serrée dans un mouchoir rouge, est assise près de la fenêtre et raccommode des bas.

Dans l'embrasure de la fenêtre, un panier à ouvrage et du linge.

Signé dans le haut, à gauche, et daté '*81*.

Gouache.

Haut., 31 cent.; larg., 24 cent.

N° 56 — PISSARRO. — *Femme raccommodant des bas.*

www.ingramcontent.com/pod-product-compliance
Ingram Content Group UK Ltd.
Pitfield, Milton Keynes, MK11 3LW, UK
UKHW020329180726
13839UKWH00002B/613